취원정 가는 길

취원창 가는 길

박순화 시조집

좋은땅

박 순 화 Park Soonhwa

경북 예천 출생.
〈시조문학〉작품「병산서원에서」신인상(2001)
(사)한국문인협회, 안동문인협회, 경북문인협회,
낙강시조회, 전국내방가사전승보존회 회원.
〈사람과 환경〉작가상, 내방가사 낭송 부문 등 수상.
시조집『안동간고등어』,『창밖의 풍경』,『취원창 가는 길』
현재 경북문화관광 및 경북독립운동기념관 해설사.

vivianna1952@hanmail.net

시인의 말

시가 삶이라 한다면
그 또한 한 폭의 밑그림이 되어
글을 쓸 수 있었기에 행복했다.
출퇴근 시간, 버스 창밖에 스치는 시골 풍경
손자들과 알콩달콩 살아가는 일상의 흔적이
하르르 피는 꽃으로 하여
그대 가슴에 봄 나비로 앉기를 소망한다.
82편 모두 썸을 타며
그리움의 강변에 내린다.

2023년 9월

여춘당如春堂에서 박순화

차례

제1부

취원창 가는 길

압록강단교에서

동족의 아픔이 된 한 뼘 단교斷橋에서
강 건너 하늘과 땅 넋을 잃고 바라본다

끊어진 핏줄의 절규
흰 구름이 가고 있다

녹이 슨 철길 따라 탑차들이 내통하고
흩어진 꿈속이라도 오갔으면 좋으런

물새 떼
자유로움만
허락하는 물빛이여

초암사

의상은 입적해도 도량은 분명하여

부석사 아미타불 굽어보는 소백 연봉

떠나야 윤회한다는 풍경 소리 버겁다

구름도 가다 서다 산그늘에 앉아 쉬면

금강경 목탁을 치고 기운 내는 죽계구곡

한세상 잠시 다녀갈 벌레 소리 벅차다

취원창聚源和[*] 가는 길

얼어서 죽을 각오 맞아서 죽을 각오로
독립의 길 가물가물한 황무지 소똥 길엔
석주의 비장한 총대 옥수수로 서 있다

굶어서 죽을 각오로 압록강을 넘어서며
일백 번 흔들려도 흔들려선 안 된다던
석주는 큰 뜻 품고서 취원창에 뉘었다

아리랑 아라리요 목이 메어 부르며
태극기 흔들었던 서슬 퍼런 돌개바람
석주는 망부석 되어 안동가를 부른다

[*] 1920년대 북만주 하얼빈 인근의 독립운동 근거지

다낭에서

출근길 다낭 거리는
오토바이 천국이다

자동차 드문드문
사람들의 발이 된다

안전모
안 쓰면 벌금
바가지라도 쓴단다

호이안의 밤

파란 눈 노랑머리 황색 빛에 까만 머리

없는 것 빼고 무엇이든 다 있는 거리

투본강 야경 속으로 세계인은 흐른다

화려한 불빛으로 서민들의 일상 담아

인력거에 지쳐 버린 몸과 마음을 날리며

이방인 불나방 되어 밤거리를 달린다

바구니 보트

전쟁의 상처 깊은
호이안 마을에

야자수 댓잎으로
꽃바구니를 엮어서

사람들
불러 태운 배
신명 나던 우리 가요

731부대[*]

한계를 넘어 버린
야만野蠻의 행실 앞에

맨살이 울부짖던 혼령들의 비명이여

발걸음
얼어붙어서
옴짝달싹 못 한 곳

[*] 일본 관동군 소속의 세균전 연구 및 개발을 위한 비밀 부대로
중국 헤이룽장성 하얼빈에 주둔함

하얼빈역

평화를 갈망하던 조선의 먼 총소리
하늘땅 감동하여 멈춰 버린 기적이여
안 의사
숨을 거두어
큰 별 하나 따 오다

마주한 동상 앞에서 두 손 모은 안부와
의사의 길 감당했던 덕분을 전해 올리며
안 의사
뵙고 오는 길
큰 별 하나 싸 오다

뤼순 감옥

야욕에 불타오른 야수野獸 같은 만행 앞에
자유를 구속당한 울음마저 내려놓고
정신을
견디어 내던
비명 소리 버겁다

동양의 평화론에 청초당 유묵 쓰며
바람 앞 등불 같은 목숨 처연히 부지했을
큰 뜻의
흔적 앞에서
숙어지는 님의 숨결

방곡도요

천지간 물레질에 여우도 놀다 간
소백산 자드락길 풍류 빚고 멋을 빚어
나그네 눈길 빼앗은 그대 이름 뉘신지

도공陶工의 장작불 철쭉꽃으로 활짝 피어
비로봉 신선길에 보름달로 너를 빚은
소담한 질그릇 사연 그릇마다 담았다

막사발 두 벌에다 과일 접시 데불고 와
너의 넓은 심성과 수수함을 닮고 싶어
식탁 위 명상을 올려 넋을 잃고 바라본다

백하구려 白下舊廬*

백두산 아래에서 끝내 돌아오지 못한 님
큰 대문 돌쩌귀 인기척 없는 녹물 꽃송이
사랑 앞 붉은 바윗돌 분통憤痛 노래 읊는다

세웠던 협동학교 터 몸 가눌 기력 잃은 채
애국 계몽의 무명 저고리 서간도西間島 바람 소리뿐
홰나무 마당을 지켜 백하 일기 쓰고 있다

분하던 망명으로 백운정도 따라나선 길
백하에서 서러워서 그대 어이 눈감으랴
고택은 새 단장으로 주인장을 기다린다

* 일제에 항거한 시발점의 하나, 안동시 내앞마을에 자리 잡고
  있는 협동학교이자 백하 김대락 선생의 고택

수이펀강

슬픈 우수리스크 눈물로 흐르는 강
내 집 내 식구들 서러워 흐느끼는 강
흐르며 멈추며 가는 동해 온통 적실 강

슬퍼서 매운바람 너울너울 부는 강
최재형 이상설 독립군 혼이 오는 강
불다가 쉬었다 그쳐 조국까지 닿을 강

백담사

인제 가면 언제 오나 용대리 설악 계곡
백담사 극락전 앞 만해의 '님의 침묵'에
돌탑은 나라 걱정에 미륵불로 앉았다

아무개 은둔지로 유명한 명승지로
세사에 알려져 몸살까지 앓고 나서야
만해의 독립운동에 사죄하듯 고요하다

제2부

돌탑

나목裸木

사는 법 익히 알아 내릴 것 다 내리고
버릴 것 다 버린 알몸이 전부이지만
꼿꼿이
두 손 다잡고
장승으로 서 있다

오래 서 있어도 오래 마주 보아도
서로를 보듬으며 서로를 격려하면서
뜨거운
눈빛 나누며
사랑하며 서 있다

시가 있는 항아리

촌닭과 촌색시로 만나 시어詩語로 말을 하고
수수한 모습이지만 그림 있어 돋보여
집안의 가장이 되어 동행하는 친구여

속 비운 항아리 채워질 우주가 있고
속 채운 항아리 비워 낼 우주 꿈꾸며
위로의 눈빛 건네며 함께 늙는 동반자

장 담기

항아리 숨쉬기 좋은 날 좋은 시에
햇물 햇바람 햇볕으로 장을 담으며
행여나 부정 탈세라 금줄 엮어 달았다

조왕신 화날세라 성주신 삐칠세라
잘 띄운 메주 갈라 천지신명께 고하나니
이 정성 살펴 거두어 속 깊게만 우려다오

우주의 생기 받고 자연의 섭리 받아
제 몸 삭혀 토해 내는 맑아지는 장물에
골몰한 우리 어머니 베적삼이 비친다

오천 년 역사의 조선장과 간장 맛은
천수天壽를 다하면서 오장육부 건사할
긴 세월 곰삭은 숨결 장꽃으로 피었다

창밖의 풍경

저 건너 절집 같은 조선의 선성현객사
안동댐 수몰 아픔으로 고향 잃은 양반 숙소
달빛에 망초꽃 피워 흰 구름만 서성인다

강 건너 무덤 같은 조선의 선성현 석빙고
안동댐 수몰 피신으로 원본 잃은 갑질 냉장고
은어는 출타 중인가 낙동강이 출렁인다

입춘대길

꽃무늬 스카프
가는 목에 내두르고

봄바람 매화차에
마스크 던져 버린

빠알간
그대 입술을
올봄에는 볼 수 있겠네

빙계계곡

빙혈氷穴로 들어가는 물레방아 앞에 서면

설한풍雪寒風 굽이마다 살아온 날이 피어올라

조문국 계곡 사는 법 아낌없이 듣고 오다

운 좋게 칠순까지 무탈토록 건너온

간담肝膽과 오장육부 어진 바위에 앉히고

더하고 뺄 것도 없는 불심佛心 하나 담아 오다

매미

불같은 내 사랑을 그대여 받아 달라
한낮의 구애가 용감하여 짠하지만
사랑이
오기도 전에
쓰러질까 걱정이다

칠 년을 기다린 사랑 그대여 들어 달라
사랑의 세레나데 목청껏 불러보지만
숫총각
면하게 될지
뒷소식이 궁금하다

돌탑

누구의 소원이랴
누구의 정성이랴

돌 하나에 관세음보살과
돌 둘에 아미타불에

돌 셋에
돌 넷을 얹고
돌 다섯을 얹을 탑

꽃

하르르 정신도 없이
하르르 꽃이 피더니

하르르 봄바람에
하르르 꽃이 진다

하르르
떨어진 꽃잎
나비 되어 날린다

수선화

노오란 웃음에
홀딱 반하여

한참을 바라보다
곁에 둘 욕심으로

봉지 위
꽃잎을 올려
공주처럼 모셔 오다

봄

복수초 노랗게 피었다
봄소식을 전한다

어느 발길에 밟힐라
뉘 손길에 꺾일라

낙엽을
덮어 주었다
첫사랑 첫 이불을

여름 허수아비

녹색의 짙은 고독 땡볕보다 더 외로워
홀쭉해진 몸을 가눠 시위하는 저 묵언
득 없는 농심農心 발자국 순박함만 서 있다

거짓을 진실인 양 위장하고 가장해도
눈치 빠른 약은 새들 씨알 앞을 지나치랴
속이고 먹히는 세상 빈 허구만 서 있다

자웅雌雄바위

남자와 여자가 와야 천을 사이에 두고
남자는 그 여자를 여자는 그 남자를
그립고 늘 그립지만 쳐다봐도 좋을 사랑

남자는 힘차게 당당히 드러낸 몸에
여자는 주름치마로 남자를 감싸지만
서로가 바라만 봐도 죽을 만큼 좋을 사랑

유월

보리가 익어 가는 달
밤꽃 골골이 피는 달

짝사랑하던 그 머슴애
나처럼 그리워했으면

실없는
옛 생각으로
한 오십 년 젊어진다

제3부

산사 음악회

출근길

시월이 환한 날엔 도산으로 가 보라
전하지 못한 사랑 석간대에 올려 두고
제자의 남다른 사랑 이별가를 들어 보라

새소리 그리운 날 도산으로 가 보라
성현의 '도산별곡' 유생처럼 읊으며
낙동강 선비들 경전 시사단試士壇에 올라 보라

도산 매화

휘어져 늙은 가지일수록
꼿꼿한 지조와 맑은 얼굴

설빙雪氷의 풍파에도
그대 하 곱게 피었는가

완락재
그윽한 향기
그 사람이 그립다

명옥대

낙수대落水臺 통성명은 밋밋하고 초실하므로
물소리 옥구슬 울림 명옥대鳴玉臺라 이름 지어
퇴계는 창암蒼巖에 들어 끊임없이 흐른다

막히니 돌아들고 고이니 넘쳐흐르며
높음에서 낮음으로 순리대로 잉태하여
어머니 궁 안의 사랑 그칠 줄을 모른다

산사 음악회

오월 숲 뮤지컬의
주연과 조연 배우들은

할미새 소쩍새 수리부엉이
봉황 호르르기새로

무대는
천등산이며
입장료는 무료다

옥연정사

부용대 우뚝 솟은 말바위 기슭 옆
옥연정사 원락재에 그대 서 보았는가
임란의 혼란한 역사 옥연 속에 흐른다

조선을 버리고 종묘를 팽개치고
그대 어찌 궁궐에서 생각 없이 떠났는가
백성들 피 끓는 원성 하늘마저 노했다

저무는 조선 앞에 성웅聖雄을 천거하여
왜구를 대파한 전술 묵살된 역사인가
서애西涯는 낙향 길에서 피눈물로 적는다

정국을 파악하여 미리미리 대비하고
전쟁은 아니라며 경계하던 그 필묵筆墨
'징비록' 뼈아픈 회초리 낙동강에 펼친다

목어木魚

전생의 업보야 바람 따라간다지만
사랑은 아픔이라 만세루 들보에 걸려
죽어도
눈감지 못해
수행 길에 나섰다

속세의 인연이야 구름 따라 흩는다지만
번뇌는 물소리라 배를 갈라 참회하며
극락전
석탑 아래서
백팔배를 올린다

영산암

고요함 그지없는 송암당에 앉아서
나를 돌아보게 하는 빨간 불심 하나
모란꽃
까닭도 없이
마당 안에 지고 있다

석탑의 느림으로 차담茶啖 소리 듣노라면
영축산 꽃비 내려 득도하는 법화경에
존자님
응진전에서
우담바라 꽃핀다

바람 앞 등잔 앞에서 의진 회의 논의하던
굳센 각오 굳센 맹세 목판이 된 툇마루
선비의
묵서명 담은
영산암이 의롭다

만휴정

늘그막 말미 길에 빈손으로 쉬었다 간
보백당 청백 보물이 돌다리에 새겨져
구름도
가다 쉬는 곳
별천지라 부른다

우리 '러브합시다' 첫사랑의 연가에는
만남이 헤어짐이고 헤어짐이 만남이라며
힘들면
쉬었다 가라
폭포수는 흐른다

무불경과 신기독 毋不敬 愼基獨

정성을 다하여 그대를 섬기거라

최선을 다하여 모든 일에 임하여라

퇴계의 좌우명으로 도산에서 읽는다

혼자서 있을 때면 더욱 조심하여라

아무도 보지 않는다고 함부로 행하지 말라

퇴계의 좌우명으로 도산에서 살핀다

태사묘

고려의 고창전투 왕건은 승리하여
안동 지명과 삼국통일의 공적비 앞
삼태사三太師* 천년의 숨결 배롱꽃이 붉었다

경모루 오르면 웅부의 높은 기상
세 후손 지킨 봉양 충의심 높고 맑아
삼태사 말발굽 소리 아득아득 들린다

놋쇠 잔 여지금대荔枝金帶 주홍목배朱紅木杯 옥관자는
오랠수록 소중한 태사들의 값진 보배
삼태사 빗장을 열어 경건함을 밝힌다

* 고려를 건국할 당시 왕건을 도왔던 안동의 공신 김선평, 권행,
  장정필을 가리킨다

제비원 미륵불

미륵불 보고 싶어 멀리서 오신 그대

오늘은 보존 수리로 얼굴 전체를 가리고

나그네 코로나19

얼굴 반을 가리다

영국 학생들

처음이 어색하지 안내하고 해설하다 보면
마칠 때쯤 한 식구지 손녀 같은 마음
언어는 형상적일 뿐 눈빛 보면 다 알지

원 투 쓰리 안동 김치~ 소녀 되어 찍은 사진
해설사 몇 년이냐는 레게 머리 여학생
모양과 피부색 달라도 표정 보면 다 알지

두향이

인품에 반하고
학문까지 사모하여

추위에 얼어 죽을지언정
향기만은 꽁꽁 싸 묶어

님 가신
도산 뜨락에
이 봄에도 피었다

봉정사 가는 길

이승 길 이별 통보 눈감으면 그만인지
서러워 못 보내는 법화경 염불 소리에
극락전 아미타 화두 출렁출렁 물이다

한 겁의 생을 살다 떠나가면 그뿐인지
아홉 마당 굽이굽이 사십구재 먼 황천길
소대燒臺 속 꽃상여 수의壽衣 훠이훠이 불이다

극락 찾아가는 길이 멀고도 아득하니
가다가 힘들면 반야용선에 쉬었다가
사천왕 놓치지 말고 무량해회 건너소서

살아생전 해 준 일 없어 안쓰럽고 미안해
천등산 영가 등에 머리 풀어 불 밝히고
한 백 년 약속하던 길 돌탑 쌓아 오른다

제4부

분꽃

분꽃

분통을 장롱 안에
신줏단지로 모시고

분 한 번 안 바르고도
고우시던 우리 어메

분꽃이
제 볼에 피어
눈물 젖게 합니다

공짜도 있다

세상사 살아감에는
노력이 있어야 하고

세상사 법도에도
대가가 당연하지만

나이와
늙음에서는
세상천지 공짜다

친정 가는 길

피실재 넘어 드니
산허리 동강 나고

그리던 친정집은
망초꽃 지천인데

구 남매
어메 아배가
보고 싶어 눈물 괸다

내리사랑

울 아들 안쓰러운 마음에
갈비 사 주려 했더니

아들은 제 새끼가
할매 국시 좋아한다며

식구들
몽땅 싣고 와
국시 잔치 열었다

여덟 번째 손자

남산만 한 배를 찍어
딸이 보낸 영상에는

뱃속 집이 비좁다고
시위하는 저 발길질

힘센 놈
여덟 번째야
튼튼하게만 나와다오

찔레꽃

들뜬 마음 첫 투표 길
나의 손을 꼭 잡고

황톳길 재 넘어 호명
면사무소 가던 날

아버지
어깨 너머로
방긋 웃던 그 소녀

쇼핑

마네킹이 걸쳐 입은 연보라 바바리코트
패션모델이 되어 폼을 잡아 본다
거울 속
또 한 사람이
나를 보고 서 있다

만추晩秋

시월 시제 길에 오른
도포 자락의 울 아배

여식은 집에 있으라
꾸짖던 장역골 은행나무

굽은 등
노인이 되어
아버지로 서 있다

늙은 호박

늙으면 다 쓸모없다는데
늙어서 쓸모 많은 호박

풍만한 모양새와
은은한 금빛으로

너처럼
늙어야겠다
롤 모델로 삼는다

영상통화

짠 하며 나타나는
보물 1호 손주들

도깨비방망이인지
마술사 속임수인지

머나먼
실시간 영상
세상 좋은
세상살이

불면증

아무리 그려 봐도 당신이 가여워서

아무리 생각해도 당신이 미워져서

눈썹달 창틈에 끼어

하얗게 지새운 밤

인천 터미널

얼굴 다시 보려다
이내 차창이 닫히고

흔들던 젖은 손수건
아득 먼 그대 모습

한참을
달리고 나서
이별이었다 그것이

온기溫氣

제집으로 돌아간 자식들
아련히 남은 모습

텅 빈 의자에 앉으면
쏟아지는 눈물방울

아직도
이부자리엔
온기 남아 따습다

산당화 필 무렵

어머닌 숨만 쉬다
산당화 따라갔다

올봄에도 울긋불긋
열꽃처럼 지는군요

"에미야 미안하데이"
그 목소리 들립니다

제5부

그네 타기

청보리

긴 목이 흔들릴 때마다 단내가 난다
허리를 숙일 때마다 풀 향기가 난다
사람은 설칠 때마다 구린내만 풍긴다

나란히 서 있을 때 청순함이 고고하다
바람이 불 때마다 밀어를 속삭인다
사람은 바람이 들면 짐승만도 못하다

굽히지 않음으로 세파에 흔들려 견딘다
고개를 숙이지 않고 굽혀 들 줄 안다
사람은 허풍이 들면 낭패 보기 십상이다

무인 카메라

독수리 매의 눈으로
종일토록 쨰려보다가

누가 간 크게도 법규를 어기는지

한 치의
오차도 없이
먹잇감을 낚는다

소금문학관

짭짤한 바람이다
아버지의 소금 바람이다

신들린 무당처럼
써 내려간 소금 책에는

박범신
삶의 긴 고뇌
강경 젓갈 냄새다

안중 할매

미천한 주모로 술 담기 재능으로

고삼주 단지 단지 견훤甄萱을 취케 하여

백마로 날아올라서 급습하라 알렸다지

안묘당 작은 사당 위패 봉양 표적 없지만

천금 같은 기별로 때를 알린 일등 공신

백마로 올려진 벽화 준수하고 사뿐하다

걱정 나무

안동을 지키려다 족보가 된 홰나무
사람들 한숨으로 걱정이 된 홰나무

다 비운
육신을 안고
눕지 못해 서 있다

그네 타기

하늘이 왔다 저만치 가고
아파트가 갔다 이만치 온다

살아온 삶도 일상도
어지럽게 오갔을 터

두 줄을
힘주어 잡고
세상사를 날린다

대추

제례 상 동쪽 자리
빠져서는 안 될 제물

양반이란 태명 달아
씨알 곱게 키우더니

신선도
노닐다 가는
가을볕에 붉었다

뻐꾹새

남의 집에 알을 낳아
내 새끼 잘 크도록

벌렁대는 가슴으로
지켜보는 어미의 신세

신이여
가혹하다고
뻐꾹뻐꾹 웁니다

제 자식 떠밀려 나가
죽는 줄은 모르고

빨간 큰 입의 식욕과
덩치에 반하여

개개비
자식 자랑에
가랑이가 찢어진다

송강미술관

예술혼 읽어 담고 삶의 흔적 읊어 담아
이송천 폐교에 세운 빨간 벽돌 미술관
조각상 이브 돌 사과 주인장을 닮았다

흰 구름 강물 따라 안빈낙도 꿈을 꾸며
찾는 이와 차담 즐겨 초야에 묻히고자
그림 속 통이 큰 안목 풍경으로 걸렸다

때묻은 떡살 판과 허름한 책보자기는
국화 문양 고매하게 글 향기 상서로워
결마다 풍류를 엮은 보석함을 만나다

널뛰기

파란 선 붉은 선을
오르락내리락하며

미친 사람 널뛰듯이
투자자를 울리더니

세 시 반
눈금 위에서
실신에다 묵언 중

경敬

들어도 못 들은 척
보아도 못 본 척

알아도 모르는 척
몰라도 아는 척

남에게
공경하면서
배려하며 사는 학문

보따리

무거운 짐 보따리다
속은 저마다 다르다

잘 싼다고 쌌지만
아무것도 없다 인생은

또다시
보따리 싼다
갈 때까지 싸야지

코로나19

혈육도 멀리하고 일터에도 가지 마라
소가 쓰던 입마개를 사람 얼굴에 씌워
집 안에 가두는 엄벌 그놈 한번 독하다

손자가 태어나도 부모님 세상 등져도
사람 도리 내려 두고 모두 다 팽개치라며
독한 놈 지칠 줄 모르고 기고만장 날뛴다

까치

달처럼 이고 사는 까치집의 참나무를
이사 통보도 없이 잘라 내는 포클레인
설한雪寒에 쫓겨난 까치
분하다며 항의한다

집 잃은 황당함에 며칠을 통곡하며
차마 떠나지 못하고 서성이는 가족이여
방 하나 내주고 싶다
새집 장만 때까지

제6부

물 위의 풍금

혼밥

식탁은 너무 커서
반찬은 귀찮아서

미역국에 밥 한술
얼기설기 말아서

국물을 떠넘기는데
목구멍이 소태다

물벼락

달리는 자동차에 물벼락 맞고 보니
피하지 못한 황당함은 엎어진 흙 사발
한 치 앞
알 수 없는 일
너를 보낸 그날도

4번 5번

몸집을 떠받치며 대들보였던 허리뼈가
4번 5번이 낡고 허물어져 고달 났다
폭우를 동반한 척추에 양동이를 받치다

고택과 문화재는 증수하여 보존커니
제 몸을 돌보지 않고 함부로 한 대가로
주사에 약 보따리가 태산처럼 늘어난다

명품 가방

헝겊도 아니고 가죽도 아닌 것이
작지도 않고 크지도 않은 것이
백화점
윗자리에 앉아
유혹하는 자태에

자식들 등 떠밀려 손에 쥔 그 가방
송아지 한 마리 살림 밑천 값이라니
칠순의
고개 넘어도
철들 날은 언젤까

산수유

꽃 따라왔다가
꽃 따라가는 굽잇길에

사는 게 그런 거라며
꽃은 총총 피어나거늘

난 어찌
세월에 속은
주름살만 피는가

명봉사

1

며느리 칭찬만 하던 어머니를 만났습니다
아내의 속을 몰라주던 남편도 만났습니다
동짓날 팥죽 한 그릇 섬돌 위에 올립니다

소백산 허리에 앉은 전나무를 접합니다
해탈한 비구니 스님 먹물 옷을 접합니다
봉황새 울음소리가 풍경 가득 올립니다

2

문종과 사도세자 태실 비에 오릅니다
삶과 죽음은 한 줄기 바람일 뿐입니다
후일 난 무엇이 될지 아미타에게 묻습니다

소백산을 지나며

가는 길 소백산은 저리도 높나 보다
철쭉은 설레어서 볼 붉게 피나 보다
만남은 인천을 향해 급행으로 달린다

오는 길 소백산은 저리도 낮나 보다
능선은 오월 하늘에 그리움이 젖나 보다
작별은 고향을 향해 완행으로 달린다

두루마리

펼치면 한평생 둘둘 말면 반평생
인생 자락 한지 접어 언문諺文으로 필사하여
안동 땅 여인의 내당內堂 장롱 안에 감춘 글

시집살이 자식 살이 굽이굽이 아흔 굽이
기쁨과 슬픔으로 사사조四四調를 새긴 이력
집안의 보물 1호로 교훈이던 큰 스승

작은 시화전

태사묘 숭보당 앞 세 편의 작은 시화전

산수유 열매 찾아온 곤줄박이가 전부지만

말씀은 겨울 햇살에 보석으로 빛난다

시화가 맘에 들어 나를 찾아오신 사람

내 곁의 진실인 독자 성좌처럼 빛나던 눈

다시 또 시심의 씨를 갈고摩 또 뿌린다

물 위의 풍금

선성현 물 다리
취객처럼 걷다 보면

몽당치마 주름치마로 풍금 소리 같이 듣던

벗들아
지금 어디서
할머니로 사는가

들어열개문

음양이 합하여 들쇠에 얹어지면
안과 바깥은 하나로 우주가 된다
그대는 내 안에 들고 그대 안에 내가 든다

천지가 내통하여 걸쇠에 걸어지면
겉과 속이 하나로 보름달이 떠오른다
천년의 오랜 숨결이 툇마루에 내린다

왕버들에게 듣다

퇴계의 성리학을 문전에서 능히 익혀

살아갈 지혜로움 오랫동안 몸에 적어

생명을 잉태한 고견 옹이마다 들린다

악착 동자

이승의 마지막 길
저승으로 가는 길에

지각으로 반야용선般若龍船
눈앞에서 놓친 동자

운문사
비로전 밧줄에
매달림이 악착같다

해설

이미지의 융합이 이루어 낸
정형미학의 완성

권혁모(시조시인·한국문인협회 이사)

송宋나라 완열阮閱의「시화총귀詩話總龜」한 부분이다. "바다는 드넓어 물고기가 뛰놀게 하고, 하늘은 텅 비어 새가 날게 맡겨 둔다(海闊從魚躍 天空任鳥飛)" 하였다. 넓고 높고 아득하여 편안함, 이것이 박순화 시인의 세 번째 시집『취원창 가는 길』을 돌아보는 서두의 점괘이며, 시력詩歷 사반세기에 이른 중견 시조 시인의 시조 미학이라 감히 생각해 본다.

필자와 갑장인 박순화는 예천 호명 출신이다. 20년 남짓 고향에서 살다가 안동 양반댁에 시집온 지 반백년이 다 되어 간다. 그간 낙동강이 펼치는 안동이라는 시공을 마음껏 유영遊泳하며 아름다운 삶의 무늬를 직

조織造하고 있었다.

2001년 〈시조문학〉지에 작품 「병산서원에서」로 신인상을 받아 등단하였다. 『안동간고등어』와 『창밖의 풍경』 등 두 권의 시조집을 상재한 바 있으며, 시의 정형률定型律이 이루어 낸 시조 문학의 마력에 빠져들었다. 〈안동 일요화가회〉에서 유화를 그리며 화가의 꿈을 펼치더니, 어느 땐 〈전국내방가사보존회〉에서도 그의 옷자락이 보이기도 하였다. 안동 문화관광 해설사로 근무하며 관광객들에게 다가가 해박한 지식으로 안동의 문화와 역사 이야기를 들려주고 있다.

이러한 모든 활동은 결국 그의 문학적 소양의 바탕이 되기도 한다. 한복 치마폭에 그림을 그려 넣을 수 있는 삶이 그렇고, 유화 그림이 그의 문학이며, 역사 현장에서의 만남이 깨끗한 서정의 글감으로 다가오게 되는 셈이다.

박순화의 가슴속에 내재한 우국충절 같은 시조 작품을 발표하는가 하면, 예불 소리 은은한 산사의 법당 앞으로 처사處士들을 불러 모으기도 한다. 특히 안동이라는 지정학적 배경에서 충절忠節이거나 불교문화 또는 해맑은 서정 같은 것, 그리고 명상에 젖게 하는 서정 시편을 창작해 내고 있다.

1

며느리 칭찬만 하던 어머니를 만났습니다
아내의 속을 몰라주던 남편도 만났습니다
동짓날 팥죽 한 그릇 섬돌 위에 올립니다

소백산 허리에 앉은 전나무를 접합니다
해탈한 비구니 스님 먹물 옷을 접합니다
봉황새 울음소리가 풍경 가득 올립니다

2

문종과 사도세자 태실 비에 오릅니다
삶과 죽음은 한 줄기 바람일 뿐입니다
후일 난 무엇이 될지 아미타에게 묻습니다

—「명봉사」전문

'명봉사'는 소백산 자락에 있는 고찰이며, 문종의 태
실비는 법당 뒤의 산봉우리에서 발굴하여 비신을 옮겨
보관하고 있다. 「명봉사」에서 눈길 뗄 수 없음은, 삶의
가치 중 가장 소중한 사랑이라는 관계 미학 때문이기도
하다.

그래서 독자의 마음을 흔들고 있다. '야속하고 그리

운' 어머니와 "아내의 속을 몰라주던 남편"의 사연이 그렇고, "동짓날 팥죽 한 그릇 섬돌 위에 올리는" 며느리와 지어미의 애상哀想과 도리가 그렇다.

둘째 수는 명봉사에 만나는 인연이다. "소백산 허리에 앉은 전나무"며 "해탈한 비구니 스님" 그리고 현실에도 없는 "봉황새 울음소리"까지 다 불러 모아 존재와 추상抽象 사이를 오가며 사유의 범위를 넓히고 있다.

셋째 수 종장은 반전이다. 비운의 한 시대를 살다 간 사도세자의 태실비에도 올라 보며, 화려했던 영욕榮辱도 결국은 한 줄기 바람임을 깨닫고 있다. 지금까지는 관계의 미련을 버리지 못했지만, 이제는 자신으로 돌아와 남은 운명을 아미타에게 조용히 묻는다. 후일 어떤 모습으로 환생할지, 서방 극락정토의 주인이 되는 부처에게 간절한 질문을 던지고 있다.

「명봉사」는 장章과 장이 모두 평서형 종결어미로 반복적 리듬감을 살려 사유思惟의 단계를 끌어올리고 있다. 이미 이승에는 없는, 어머니와 남편이라는 인연을 풀고 가야 할 소명이 독자의 마음을 잔잔히 흔든다.

누구의 소원이랴
누구의 정성이랴

돌 하나에 관세음보살과
돌 둘에 아미타불에

돌 셋에
돌 넷을 얹고
돌 다섯을 얹을 탑

                          — 「돌탑」 전문

이승의 마지막 길
저승으로 가는 길에

지각으로 반야용선般若龍船
눈앞에서 놓친 동자

운문사
비로전 밧줄에
매달림이 악착같다

                          — 「악착 동자」 전문

    「돌탑」과 「악착 동자」는 둘 다 재미있다. 「돌탑」은 '누구의', '~이랴', '돌'이라는 반복적 성음과 돌 하나에서 다

섯에 이르도록 쌓아 올린 이의 기원을 읽을 수 있게 하였다. '소원'과 '정성'으로, '관세음보살'과 '아미타불'로 쌓은 돌, 손가락이 다섯이듯 다섯을 쌓아야 완미完美에 이르는 「돌탑」이 예사이지 않다. 이는 돌이라는 소재가 이루어 낸 탄탄한 행간이 군더더기 없는 단수 한 편을 완성하였기 때문이다.

양산 영축총림 통도사의 극락전 외벽과 청도 운문사의 비로전에는 '반야용선도般若龍船圖'가 그려져 있다. 「악착 동자」에서 "지각으로 반야용선"을 "눈앞에서 놓친 동자"였기에 사력을 다해 반야용선의 밧줄을 잡고 있는 동자의 모습이 해학적이다.

중생이 극락정토를 찾아갈 때, 반야의 지혜에 의지하여 용선龍船을 타고 바다를 건너는 모습을 담은 그림이 반야용선도이다. 비록 지각하였지만, 배에 오르기 위해 밧줄을 악착같이 잡고 있는 '악착 동자'는 어떤 모습일까 궁금증을 더한다.

꽃무늬 스카프
가는 목에 내두르고

봄바람 매화차에
마스크 던져 버린

빠알간
그대 입술을
올봄에는 볼 수 있겠네

—「입춘대길」 전문

화자의 시선은 사찰에도 머물다가 어느 땐 현실로 돌아와 삶의 이치를 짚어 본다. 스치는 계절 앞에서 자신을 냉정하게 성찰하기도 한다. 드물다는 고희古稀를 넘긴 나이지만, 입춘대길을 기다리는 해맑은 내면은 여전하다.

"꽃무늬 긴 스카프/ 가는 목에 내두르고" 다닐 수 있다면, 그것은 여자의 소박한 마음이 아닐까? 화사한 스카프를 걸치고 "봄바람 매화차에/ 마스크 던져 버린" 그런 날이 왔으면 얼마나 좋을까? 그날이 오면 매화꽃인 양 "빠알간/ 그대 입술을/ 올봄에는 볼 수 있겠다" 하였으니, 기다림만치 소중한 가치가 또 있을까?

여기서 '매화차'를 내었으니 '매화'의 정체도 따라서 궁금해진다. 퇴계를 지극히 사랑하는 단양 기녀 '두향'일까? 시인은 도산서원을 자신의 집처럼 들락거리고 있기에 벌써 은유적 함축성은 노출되었다고 보인다.

'매화와 그대=두향', '빨간 입술=지극한 사랑'이라 한다면 비약일까? 문학은 작가의 주변을 알 수 있을 때 그 작품에 대한 유의미한 해석을 짚어 낼 수 있다면, 이는 「입춘대길」에 중첩된 '퇴계와 두향이의 애틋한 사랑'이 라는 시적 개연성과 무관하지 않을 것이다.

    음양이 합하여 들쇠에 얹어지면
    안과 바깥은 하나로 우주가 된다
    그대는 내 안에 들고 그대 안에 내가 든다

    천지가 내통하여 걸쇠에 걸어지면
    겉과 속이 하나로 보름달이 떠오른다
    천년의 오랜 숨결이 툇마루에 내린다

―「들어열개문」전문

    한옥의 아름다움은 휘어진 지붕의 곡선이 으뜸이며, 안과 밖을 가르는 창문일 것이다. 채광採光을 위하여 방 과 마루 사이에 낸 두 쪽의 미닫이를 영창映窓이라 한 다. 출입과 공간을 가르기 위한 문도 있는데, 특히 대궐 같은 집에서는 문을 열 때 떼어 내지 않고 들어서 매달 아 둔다는 뜻으로 '들어열개문'이라 한다.
    첫째 수에서 '문'이라는 양陽이 '들쇠'라는 음陰에 얹어져야 '안'과 '밖'이 하나로 '우주'가 된다고 하였다. 종장에서 '그대=문'이 되고 '나=들쇠'의 관계로 만나는 조화로움, 서로가 서로의 안에 들어야 "안과 밖이 하나로 우주가 된다"는 비유가 새롭다.

"그대는 내 안에 들고 그대 안에 내가 든다"는 반전은 둘째 수에서 다시 발전된다. "천지가 내통하여 걸쇠에 걸어지면", "겉과 속이 하나로 보름달이 떠오른다"는 비약과 이미지의 간섭 현상은 한옥에 연관된 유묵遺墨 서체를 읽는 듯하다. '들어열개문'이 만든 천년 숨결의 툇마루, 너와 나는 거기서 만나 안과 밖이 되며, 그리움이 싹트는 소우주를 만들 수 있나 보다.

　　얼어서 죽을 각오 맞아서 죽을 각오로
　　독립의 길 가물가물한 황무지 소똥 길엔
　　석주의 비장한 총대 옥수수로 서 있다

　　굶어서 죽을 각오로 압록강을 넘어서며
　　일백 번 흔들려도 흔들려선 안 된다던
　　석주는 큰 뜻 품고서 취원창에 뉘었다

　　아리랑 아라리요 목이 메어 부르며
　　태극기 흔들었던 서슬 퍼런 돌개바람

석주는 망부석 되어 안동가를 부른다

— 「취원창聚源昶 가는 길」 전문

"문 닫아걸고 시구詩句 찾는 건 시 짓는 방법이 아니다. 단지 여행만으로도 시는 절로 지어진다(閉門覓句非詩法)"는 남송의 시인 양만리楊萬里의 한시를 떠올리게 한 기행 시조가 돋보인다.

시인 박순화의 타이틀 작품으로 「취원창 가는 길」이 압권이다. 하얼빈의 취원창聚源昶은 1928년 무렵 20여 년 동안 북만주의 독립운동 기지였으며, 경북인의 마지막 정착지이기도 하다.

북만주의 겨울 혹한은 어떠했을까. 청산리전투와 봉오동전투에 패한 나남 사단(일본군 제19사단)의 총칼은 얼마나 무자비했을까? 그래서 "얼어서 죽을 각오 맞아서 죽을 각오로" 석주(대한민국 임시정부 초대 국무령 이상룡)는 안동의 시퍼런 혼이 살아 있는 임청각에서 북만주의 취원창으로 가야 했다.

그곳은 혹한의 지역으로 소똥만 남아 있는 황무지길이기도 하다. 화자는 바로 그 현장을 찾아 "석주의 비장한 총대"를 발견한 것이다. '키가 큰 옥수수=총대'라는 기막힌 환상의 대비와 치환… 여기서 시선을 놓치지 않고 있다. 시의 성패는 존재에 대한 관념의 탈피이며, 새로운 생명을 불어넣고자 하는 고도의 연금술이라 한다면「취원창 가는 길」을 두고 하는 말일까?

둘째 수는 첫째 수의 비장한 각오를 재차 확인하며 상상想을 이어받는다. 얼어도, 맞아도, 죽지 않고 살아나면, 이번에는 어떻게 할 것인가? 해답은 "굶어서 죽을 각오로" 압록강을 넘는다고 한다. "일백 번 흔들려도 흔들려서는 안 된다" 하였으니, 석주에게 독립의 길은 오직 불퇴전의 외길뿐이었다. 그런 큰 뜻을 품은 석주의 혼이 취원창에 누워 있다.

셋째 수는 손잡고 다 함께 절절한 애환을 노래 부른다. "아리랑 아라리요 목이 메어 부르며" 태극기는 돌개바람이 된다. 남편을 기다리는 아내의 굳은 마음이 돌로 굳었다는 망부석인 양, 석주는 돌이 되어도 안동을 그리워하며 조국의 독립을 위한 자존심을 지켜야 했다.

이렇듯 절절하며 담담하게 그려 간「취원창 가는 길」은 정서情緒와 사상思想과 상상像想, 그리고 시조가 갖추어야 할 형식인 운Rhyme과 율Rhythm을 온전히 담아내었다.

흔히 태작駄作으로 밀려날 가능성이 있는 기행시가 이렇듯 수작秀作이 될 수 있음은 시인의 저력이 아니면 불가할 것이다. 반복적 음위율音位律의 적절한 놓임과

맺고 푸는 대구對句, 다의적인 이미지 치환이야말로 출
언유장出言有章이라 할 수 있다.

　　녹색의 짙은 고독 땡볕보다 더 외로워
　　홀쭉해진 몸을 가눠 시위하는 저 묵언
　　득 없는 농심農心 발자국 순박함만 서 있다

　　거짓을 진실인 양 위장하고 가장해도
　　눈치 빠른 약은 새들 씨알 앞을 지나치랴
　　속이고 먹히는 세상 빈 허구만 서 있다

　　　　　　　　　　　　─「여름 허수아비」 전문

　　박순화는 예리한 시선을 지닌 천생 시인이다. 도회의
천변 공원길에서 만나는 허수아비는 추억을 불러와 정
겨움을 더하지만, 농민들에게는 농작물을 해치는 동물
을 쫓기 위한 허수아비이다.
　「여름 허수아비」 첫수의 들머리인 "녹색의 짙은 고독
땡볕보다 더 외롭다" 하는 것은 살아가야 할 텅 빈 농촌
의 현실이며, 중장의 "홀쭉해진 몸을 가눠 시위하는 저
묵언"은 허수아비가 아닌 농부임을 에둘러 내세운 치환
은유이다.

둘째 수에서 "거짓을 진실인 양 위장하고 가장"하는 허수아비의 속성을 내세워 "눈치 빠른 약은 새들"의 표면적인 행태를 진술하고 있지만, 이 역시 보조관념에 불과하다. 원관념은 세상살이하는 사람들의 참모습의 풍자Allegory이다.

풍요로움이 넘치는 들녘의 가을 허수아비가 아닌 빈 쭉정이라는 여름 허수아비의 허구, 그것조차 온전히 지키려는 허수아비 앞에서 "속이고 먹히는" 그리고 "빈 허구만" 서 있는 사람들의 세상살이를 시인의 시선으로 바라보고 있는 것이다.

파란 선 붉은 선을
오르락내리락하며

미친 사람 널뛰듯이
투자자를 울리더니

세 시 반
눈금 위에서
실신에다 묵언 중

— 「널뛰기」 전문

하늘이 왔다 저만치 가고
아파트가 갔다 이만치 온다

살아온 삶도 일상도
어지럽게 오갔을 터

두 줄을
힘주어 잡고
세상사를 날린다

―「그네 타기」전문

옛날에는 그랬다. 시인은 풍유가객風諭歌客이거나 강
호가도江湖歌道를 즐기는 삶이었다. 그러나 현재와는 엄
연히 다른 애환 속에서, 우리는 어제를 살아왔고 오늘
을 살고 있으며 내일을 살아가야 한다.

위 작품 소재인 '널뛰기'와 '그네 타기'는 외형적인 이
미지이자 시의 제재題材가 되기에 충분조건을 갖추고
있다. 그렇지만 이렇듯 아름다운 시적 변용에도 '삶의
모습'이라든가 '본능적 욕망'이라는 유전자를 오려 넣어
정감을 새롭게 하고 있다.

「널뛰기」에서 "파란 선 붉은 선을/ 오르락내리락하

며// 미친 사람 널뛰듯이/ 투자자를 울린다"는 주식시장이 그렇다. 이제는 초등학생도 용돈을 모아 증권 하나쯤은 가진다는 시대이기에, 날마다 일정한 시간마다 파란 선 붉은 선을 오가며 숨죽이는 사람들에게는 말 못 하는 안타까움이 크지 않으랴?

「그네 타기」는 외형적인 놀이를 넘어 현대인의 굴곡진 삶일 수도 있다. "하늘이 왔다가 저만치 가고", "아파트가 갔다가 이만치 온다"고 하였다. 무한의 소망을 담은 '하늘', 희망이 오가며 '아파트'에 삶의 전부를 걸어야 하는 영끌족(?)들의 울고 웃는 현실을 풍자하고 있다. 그리하여 그네의 "두 줄을/ 힘주어 잡고" 세상사를 힘껏 날려야 하는 참담한 현실이 눈물겹다.

남의 집에 알을 낳아
내 새끼 잘 크도록

벌렁대는 가슴으로
지켜보는 어미의 신세

신이여
가혹하다고
뻐꾹뻐꾹 웁니다

「뻐꾹새」는 탁란托卵의 모습을 통하여 우리들의 삶을 뒤돌아보게 한다. 뻐꾹새와 두견새는 서로 다른 새의 둥지에 알을 낳아 기르게 한다. 뻐꾹새는 개개비의 둥지에 자신의 알을 낳아 부담을 떠넘기는데, 거기서 알이 잘 자라는지 지켜본다. 만약 개개비가 탁란임을 알고 뻐꾹새알을 버리면, 뻐꾹새는 엄청난 보복을 하며 둥지를 초토화하기에 이른다. 그러면서 뻐꾹새는 자신의 행위도 망각한 채 "신이여 가혹하다고 뻐꾹뻐꾹" 울어야 하나 보다.

만약 성공하여 개개비 둥지에서 먼저 부화한 새끼 뻐꾸기가 보모인 개개비의 알을 둥지 밖으로 밀어 떨어뜨리며, 어미 개개비는 자신보다 훨씬 큰 뻐꾹새를 정성껏 기르게 된다.

이런 '탁란'의 모습이 조류의 세계에 있다면, 인간의 살아가는 방식에서도 이런 수준을 만나기는 어렵지 않을 것이다. 자녀의 입시를 위해 위조한 증서의 위력으로 남의 자녀를 밀어 버리고 대신 둥지에 넣은 뻐꾹새 부모, 그는 지금 '뻐꾹뻐꾹' 울 자격이라도 있을까?

들뜬 마음 첫 투표 길

나의 손을 꼭 잡고

황톳길 재 넘어 호명
면사무소 가던 날

아버지
어깨 너머로
방긋 웃던 그 소녀

—「찔레꽃」 전문

봄이 익어 갈 무렵이면 하얀 혹은 연분홍 꽃이 은은
히 향기를 뿜는 찔레꽃, 가난했던 지난날의 간식거리였
던 찔레꽃 무대가 추억을 호출하고 있다. 찔레꽃 같은
나이의 산골 처녀는 어떤 모습이었을까? 설레는 첫 투
표지를 받기 위해 아버지의 손을 잡고 황톳길 재를 넘
어 면사무소에 가야 했던 화자의 고백이 찔레꽃 향기로
묻어난다.

"아버지/ 어깨 너머로/ 방긋 웃던 그 소녀"가 찔레꽃
이며, 그 찔레꽃이 화자로 변신한 것이다. 그러나 세월
은 잡을 수 없는 것, 스스로 할머니임을 인정할 수밖에
없는 것이 세상살이의 이치 아니던가.

마네킹이 걸쳐 입은 연보라 바바리코트
패션모델이 되어 폼을 잡아 본다
거울 속
또 한 사람이
나를 보고 서 있다

—「쇼핑」 전문

늙으면 다 쓸모없다는데
늙어서 쓸모 많은 호박

풍만한 모양새와
은은한 금빛으로

너처럼
늙어야겠다
롤 모델로 삼는다

—「늙은 호박」 전문

"물을 길어 가면 물병 속에 반쪽이 담길 테니, 금빛 거
울을 반으로 나누어 놓고 돌아갈까 두렵네" 고려의 시

인 이규보의 「우물 속의 달(山夕詠井中月)」에 나오는 시
다. 산중 암벽에 파 놓은 우물 속에 마치 새색시가 경대
앞에서 단장하듯이 앉은 보름달, 스님이 이 우물의 물
을 길어 가 버리면 황금빛 우물 거울이 반쪽만 남지 않
을지 시인의 걱정은 이만저만이 아니다.

　이규보의 「우물 속의 달(山夕詠井中月)」이 우물 속 새
색시의 모습이 깨어질 것에 대한 두려움이라면, 화자의
「쇼핑」은 '나' 아닌 또 다른 '내'가 거울 속에 우뚝 서 있
는 것에 대한 두려움이다. "보라색 바바리코트"며 "패션
모델"은 거울이 비추지 못한 내면의 영역을 감추고 있
지만, 숙명처럼 받아들여야 할 "거울 속/ 또 한 사람이/
나를 보고 서 있다"는 상황과 맞닥뜨리게 된다. 가장 낯
익은 또 한 사람이 두려움의 대상이으로 마주 서게 된
것이다.

　「늙은 호박」에서는 늙으면 쓸모없는 것이 아니라, 늙
어서 쓸모 많은 존재임을 애써 보여 주고 있다. "풍만
한 모양새와/ 은은한 금빛으로…" 늙어서 이만한 갖춤
보다 더 아름다운 것이 또 어디에 있을까? 시인은 '풍만'
이 주는 어감과 '은은한 금빛'이 주는 완성을 신이 내려
준 최고의 선물로 받아들인다. 그러기에 이런 다함없는
'호박'의 완성을 본보기로 하여 삶을 영위하고 있다.

선성현 물 다리
취객처럼 걷다 보면

몽당치마 주름치마로 풍금 소리 같이 듣던

벗들아
지금 어디서
할머니로 사는가

— 「물 위의 풍금」 전문

안동 예안의 선성현문화단지에 선성수상길이 있는
데, 이 물 다리를 걸으면 취객처럼 흔들리게 되었나 보
다. 시인에게는 이렇게 흔들리는 것만으로도 술 취한
것이 되니, 어찌 주흥酒興이 살아나지 않을까? 그리하여
"몽당치마 주름치마로 풍금 소리 같이 듣던" 지난날로
돌아가게 된다. "몽당치마"와 "주름치마"로 하여 예쁜
처녀가 되어 그때 그 친구들의 안부를 묻는다.

「물 위의 풍금」이라는 제목이 참 예쁘다. 이 작품의
배경이 되는 선성수상길을 걸으면 술과는 거리가 먼 필
자도 취객이 될 듯하다. 단시조 한 편에 가득 찬 이야기
가 한 폭의 그림으로 펼쳐지며, 산골 학교 교정에서 풍

금 소리라도 들려오는 것 같다. 정지 사진 속에 멈춘 할머니 이야기가 아니라 영화 속에 늙어 가는 할머니, 그 추상追想으로 마냥 뛰어들게 한다.

> 남자와 여자가 와야 천을 사이에 두고
> 남자는 그 여자를 여자는 그 남자를
> 그립고 늘 그립지만 쳐다봐도 좋을 사랑
>
> 남자는 힘차게 당당히 드러낸 몸에
> 여자는 주름치마로 남자를 감싸지만
> 서로가 바라만 봐도 죽을 만큼 좋을 사랑

—「자웅雌雄바위」전문

암산巖山인 북한산의 특이한 바위는 여근바위를 비롯하여 입술바위, 자궁바위, 합궁바위… 참 많기도 하다. 그런데 그리움을 떠올리는 '자웅바위'가 어느 곳 어느 산에 있나 보다.

"그립고 늘 그립지만 쳐다봐도 좋을 사랑"이며 "서로가 바라만 봐도 죽을 만큼 좋을 사랑"이라면 얼마나 행복할까? "남자는 그 여자를 여자는 그 남자를", 남자는 힘차게 당당히, "여자는 주름치마로" 이렇듯 서로가 사

랑의 화신化神이 되어 마주 볼 수 있다면 얼마나 아름다
울까?

　화자에게 자웅바위는 외설猥褻 쪽이기보다는 신이 내
린 완미完美함에 푹 빠져들게 한다. 숭고하고 거룩한 사
랑의 미학을 바라보게 한다.

　　보리가 익어 가는 달
　　밤꽃 골골이 피는 달

　　짝사랑하던 그 머슴애
　　나처럼 그리워했으면

　　실없는
　　옛 생각으로
　　한 오십 년 젊어진다

　　　　　　　　　　　　　　　　－「유월」 전문

　유월 무렵의 들녘엔 보리가 누렇게 익어 간다. 눈을
들면 원근의 골짜기마다 밤꽃이 하얗게 피어 있는 그곳
이 어디쯤일까? 물감을 엎지른 듯 보리와 밤꽃이 핀 정
경은 그대로가 화자의 유화油畫이겠다.

「유월」에서 초장은 단순한 회화적 기능을 넘은 개연성蓋然性으로 작용한다. 중장에서는 추상적 이미지의 본심인 "짝사랑하던 그 머슴애/ 나처럼 그리워했으면" 얼마나 좋겠느냐며 아쉬워한다. 한때 내가 너를 짝사랑했으니, 너도 지금쯤 나를 그리워해 주기를 바라는 소심素心이다. 현실적인 의미야 있건 없건 무엇이 문제이겠는가?

그렇지만, 종장에서 다시 현실로 피드백되고 만다. "실없는/ 옛 생각으로" 돌아갔기에 그만치 젊어졌다며 위무慰撫하고 있다.

「유월」 한 편에 쓰인 '보리'와 '밤꽃', '짝사랑', '머슴애' 그리고 '옛 생각'… 이런 시어들은 사전적 의미를 넘어 마음껏 사유가 가능하게 한다. 다의적 의미 요소를 담은 환상을 통하여 시적 긴장감을 더하고 있다.

하르르 정신도 없이
하르르 꽃이 피더니

하르르 봄바람에
하르르 꽃이 진다

하르르

떨어진 꽃잎
나비 되어 날린다

— 「꽃」 전문

3장 6구 12음보의 율격을 지닌 단시조는 45자 내외이다. 이 시조 한 수首에는 생각(想)을 일으키고(起) 펼치며(承), 전환하여(轉) 맺어야(結) 하는 절제된 굽이Curve가 있다. 여기에 곡曲과 율律과 지志와 품品과 격格을 담은 인고의 노력이 더해져야 한다.

세상은 갈수록 고도화되며, 우리의 실용 언어도 3, 4조의 음수율이거나 음보율에 머물기에는 어려운 현실이다.

그럼에도 「꽃」은 단수 시조의 완벽함을 보여 주고 있다. "하르르"와 "꽃"이라는 주도어主導語의 반복에 의한 음악적 리듬감을 견지하였다. 의태어인 "하르르"에 연결된 꽃의 속성을 의식의 흐름 기법으로 펼치고 있다.

초장의 '현란한 개화' → 중장의 '쓸쓸한 낙화' → 종장의 '찬란한 비상飛翔'을 "하르르"라고 하는 시각적 이미지에 겹쳐 꽃의 속성을 구조화하고 있다. 어쩌면 우리 삶의 영역 또한 꽃의 속성처럼 "하르르" 피어났다가 "하르르" 지는 것은 아닌지, 생과 사의 오묘함을 셈법으로 맞추어 보게 한다.

시월 시제 길에 오른
도포 자락의 울 아배

여식은 집에 있으라
꾸짖던 장역골 은행나무

굽은 등
노인이 되어
아버지로 서 있다

　　　　　　　　　　　　—「만추晚秋」전문

　　화자는 엄마와 아빠의 애틋한 사랑을 그리워할 줄 아
는 살가운 효녀이다. 「만추」에서 만나는 아버지는 등 굽
은 은행나무였다. 남존여비의 그 시대였기에 "여식은
집에 있으라" 그렇게 아버지 대신 꾸짖던 "은행나무"였
다고 한다. 고목이 된 은행나무에 인격을 부여하여 '나
무람'을 대역시키고 있다.
　　'꾸짖는다'는 것은 누구든 하기 싫은 일이기에 고목이
된 은행나무에게 대역시킨 것이다. 인고의 세월을 건너

온 어린 시절의 그 은행나무가 등 굽은 노인이 되어 아
버지로 서 있는 모습, 그것은 추억을 향한 화자의 만단
정회萬端情懷였다.

　　분통을 장롱 안에
　　신줏단지로 모시고

　　분 한 번 안 바르고도
　　고우시던 우리 어메

　　분꽃이
　　제 볼에 피어
　　눈물 젖게 합니다

　　　　　　　　　　　　　　　　― 「분꽃」 전문

　예로부터 여인들은 뽀얀 얼굴을 간직하기 위해 분꽃
씨앗 가루를 분粉으로 사용하였다. 이런 자연 화장품을
사용하다가 조선 후기부터 납 성분이 포함된 화장품인
박가분朴家粉이 나왔지만, 후일 판매 금지가 되었다. 어
느 때에는 크림을 큰 통에서 덜어 팔면서 북을 동동 쳤
기에 '동동구루무'란 것도 있었다.

「분꽃」은 곱고 자애로운 어머니의 표상이었다. 화장품이 귀한 시절이었기에 분통을 장롱 안에 깊이 숨겨 두어야 했다. 화장품을 아끼려 자주 바르지는 않아도 곱던 그 시절의 어머니, 세월 한 바퀴 다 돌아온 딸은 이제야 분꽃에서 어머니를 만난다.

초장, 중장이 어머니의 묘사였다면, 종장은 반전되어 다시 화자에게로 돌아온다. 어머니의 분꽃이 화자의 볼에 피어 눈물 젖게 하고 있다.

시인은 그래서 우주 질서의 창시자가 된다. 시인의 초능력은 어머니의 볼에서 피던 분꽃을 단숨에 자신의 볼에서 피게도 할 수 있다. 시인이었기에 천지를 주무를 수 있는 특권을 지니고 있다면, 이는 「분꽃」을 두고 하는 말일까? "분꽃이/ 제 볼에 피어/ 눈물 젖게 합니다"로 맺고 있는 종장은 '모래펄에 날아와 앉는 기러기(平沙落雁)'인 듯, 눈길 뗄 수 없는 회화적繪畵的, 심미적審美的 묘한 정감 속으로 빠져들게 한다.

낙수대落水臺 통성명은 밋밋하고 초실하므로
물소리 옥구슬 울림 명옥대鳴玉臺라 이름 지어
퇴계는 창암蒼巖에 들어 끊임없이 흐른다

막히니 돌아들고 고이니 넘쳐흐르며

높음에서 낮음으로 순리대로 잉태하여
어머니 궁 안의 사랑 그칠 줄을 모른다

—「명옥대」 전문

천등산 봉정사 가는 길 입구에 자리한 명옥대는 퇴계 이황의 자취가 서려 있는 곳으로 후일 선생을 기념하기 위하여 지은 창암정사蒼巖精舍가 있다. 바로 곁에는 작은 여울이 흐르다 떨어지는 낙수대도 있다. 퇴계는 낙수대라 통성명하는 것이 너무 "밋밋하고 초실하여", "물소리 옥구슬 울림 명옥대鳴玉臺라 이름" 지었으며, 조선시대 허목許穆이 쓴 현판이 '창암정사'에 걸려 있다.

퇴계는 "창암蒼巖에 들어 끊임없이 흐른다"고 하였다. 이는 활유법과, 의인법, 중의법, 치환의 기법을 자유롭게 넘나들고 있다. 선생은 이곳에서 학문을 가르쳤다. 그 주변은 "막히니 돌아들고 고이니 넘쳐흐르는" 여울이었기에, 높고 낮음이 자연의 순리이듯 그 순리대로 모든 것을 제자리에 존재하게 한다. 그리하여 무구無垢한 자연의 섭리는 "어머니 궁 안의 사랑"이라도 되어야 하는가 보다.

무심히 지나쳐 버릴 명옥대이지만, 화자의 눈길은 언제나 시원始原의 서정으로 돌아간다. 「명옥대」 2수 한

133

편의 각 장章마다 주고받는 구의 놓임이 자연스럽고 유기적이기에 낭송하여도 좋은 듯하다.

오월 숲 뮤지컬의
주연과 조연 배우들은

할미새 소쩍새 수리부엉이
봉황 호르르기새로

무대는
천등산이며
입장료는 무료다

— 「산사 음악회」 전문

천등산은 우리나라에서 현존하는 가장 오래된 목조 건물인 봉정사 극락전이 있는 곳이다. 눈을 뜨게 했다는 개목사開目寺도 그 곁에 자리하고 있다. 산을 오르노라면 지저귀는 새소리와 철쭉, 소나무, 밤나무 등이 어우러져 장관을 이룬다.

오월 숲 대자연의 산길을 따라 천등산에 오르면 "뮤지컬의/ 주연과 조연 배우"인 "소쩍새 수리부엉이/ 봉황새 호르르기새"를 만나게 된단다. 그런데 여기에 봉황도 있다(?). 새 중의 새는 봉황이요, 꽃 중의 꽃은 모란이라 하였는데, 봉황은 상상의 동물이 아닌가? 한번 나타나면 천하가 태평이 된다고 하는 그 새이다.

그러나 작품에 봉황을 끼워 넣은들 어떠리, 공부를 게을리하다 세상을 떠난 스님들이 환생하였다는 전설의 호르르기새도 있다. 이 새는 산에 사는 '검은등뻐꾸기'로 듣는 사람에 따라서는 이름을 달리 부르는데, 호르르기새, 해넘이새, 가지마오새, '홀딱 벗고 홀딱 벗고' 그렇게 울었다 하여 '홀딱벗고새'라는 애칭도 있다. 시인은 귀신도 흐느끼게 할 수 있는 마법사이지 않은가? 제齊나라 안영晏嬰의 언행을 기록한 '안자춘추晏子春秋'는 "소매를 펼치면 어두워지고 땀을 뿌리면 비가 된다"고 하였다.

"무대는/ 천등산이며/ 입장료는 무료"라니~ 생각만 하여도 가슴 설레게 하는 천등산이기도 하다.

지금까지 시인 박순화의 세 번째 시집 『취원창 가는 길』을 일별해 보았다. 두서없는 생각을 모았지만 작품 편 편에 숨은 심오한 경景을 어찌 다 헤아려 내며, 이미지의 융합이 이루어 낸 정형미학의 완성을 온전히 해석해 내었을까 하는 염려가 고스란히 남아 있다. 회화적 이미지의 작품군이 있는가 하면, 대자연 속의 사유를 확장한 서정 시조와 그만치 친자연적인 작품 또한 도처에서 만난다.

새나 짐승 소리를 잘 알아듣는 것을 '지음知音'이라 하였듯, 박순화는 그 지음으로 하여 세상살이를 짚어 내며 분粉 바를 줄 안다. 삶의 도처에서 만나는 애환을 시조라는 질그릇에 적절히 나누어 담기도 한다.

다정다한多情多恨인 듯, 때로는 신들린 듯, 즉물적卽物的 형상을 읽어 내는 예리한 시선이 시적詩的 긴장감을 높이고 있다. 뜻을 오롯이 고아 낼 원관념을 위하며 보조관념을 부릴 사유思惟의 여백이 있는가 하면, 관념을 탈피하기 위하여 생명 현상을 새롭게 이입할 줄 안다. 그러나 티가 있어야 옥玉이듯, 듬성듬성 불티가 날아든 그의 분청 같은 시조가 투박하여 매력적일 때가 있다.

흔히 만나는 비문非文이거나 난해한 시조가 아니라, 즐거운 상상력을 불러오게 하는 시편이다. 복선의 이미지로부터 저마다의 해석을 가능케 한 작품이 다수이다. "모란꽃/ 까닭도 없이/ 마당 안에 지고 있는" 「영산암」이거나, "짠 하며 나타나는/ 보물 1호 손주들// 도깨비 방망이인지/ 마술사 속임수인지"라는 「영상통화」, 그런 고적孤寂의 의문 속으로 빠져들게 한다.

끝으로 박순화 시인의 시조집 『취원창 가는 길』 상재

를 진심으로 축하드린다. 단말마斷末摩의 심정으로 시
조라는 정형률을 갈고 닦으시기를 기원하며 둔필을 내
린다. ■

취원청 가는 길

ⓒ 박순화, 2023

초판 1쇄 발행 2023년 9월 7일

지은이   박순화
펴낸이   이기봉
편집   좋은땅 편집팀
펴낸곳   도서출판 좋은땅
주소   서울특별시 마포구 양화로12길 26 지월드빌딩 (서교동 395-7)
전화   02)374-8616~7
팩스   02)374-8614
이메일   gworldbook@naver.com
홈페이지   www.g-world.co.kr

ISBN   979-11-388-2262-6 (03810)

박순화 글·그림 가송의 설경 p65.1×50.0